あさげゆふげ

馬場あき子

歌集

短歌研究社

あさげゆふげ　目次

装幀　倉本　修

あさげゆふげ

あさげゆふげ

朝餉とは青いサラダを作ること青いサラダは
亡きはは好みき

絶妙な薄さに切られあるハムを剝がしてしん
めうに二皿とする

かなかなや三蔵法師天竺に病みて恋ひける漢《かん》
の食《じき》あはれ

みめよくて大力《だいぢから》にて大食の僧の自在をめでし
兼好

茶柱が立つてゐますと言つたとてどうとでも
なし山鳩が鳴く

青じその葉《は》叢《むら》に入りてすういつちよ鳴きいだしたり古き世のごと

するべきかせざるべきかと思ふこと「一言芳談」はすなと訓《をし》へき

ノンアルコールも晩酌といへば晩酌で田螺の
味噌煮ですお肴は

すういつちよ幼く青きからだもて鳴くよしの
こしし仕事思へば

丸めて捨てる紙がしだいに多くなり夏すぎて
書くちから衰ふ

らうじんとらうにんほんのわづかなるちがひ
にて全く異質でもなし

さういへばらうにんあぢといふ魚の棲む海あ
りき暗いフォトに

しごと一つしたともなくて夕焼けにけふは西
瓜を食べ忘れたり

なにかなにかおくれてゐると呟きてみんみん
坂を下るわが影

読むことも物ぐさきなり岩泉の甘きヨーグル
ト今朝は掬ひて

ふつたづは老獣の怪　柳田は経《ふつ》立《たつ》と表記せり
いかにか思ひし

劫《こふ》を経し獣は二足歩行せりふつたづの狼《いぬ》ふつ
たづの猿

遠野とは時空を超えていまにありわれやいか
なる老物《らうぶつ》ならん

山葵田

山葵田の背《せな》のはんの木さやさやと風のやうなる水の音《ね》をたつ

山葵田はさびしきところ雨に咲く花に寄りくるスジクロシロ蝶

冷えくれば山葵茶漬をせよといふ香り残りて腹あたたかし

心づくしの秋風はもう吹かざればわれはわが
ためにに糸吐く蚕

忘れてをれば勝手気ままの庭の木はしらぬ顔
にて陽にもみぢせり

冬枯れのすすきを分けて猫来れどわれは口内
炎にていたく不機嫌

生き疲れしたる心の病むならんじんましん大
きく腰を犯せり

思はじと思ふこころに砧打つをんな見てをり
砧打ちたし

ふるさとは人捨てられてあるところ都市に
十五夜のすすきを買へば

犬小屋のあつた跡にも満月が上りて小さき時間がかへる

免状《ゆるしじやう》ひらきて見れば執心によりてこの能ゆるすとありぬ

芸のことうろんなれども執心によりて得たりし「定家」や「翁」

むらさきの緒の独楽打たんびんびんと菰に音するけんくわ独楽あはれ

平和のやうな

土《つち》大《おほ》根《ね》土深く白き身を秘めて雪に降らるる愛《かな》
しきものを

芋頭手にのせ見ればひとところ青き力の芽ぐみいきほふ

犬と毬青年と犬の日曜日平和のやうな日本のけしき

福袋

よき思案何一つなしただ明るき空にきてゐる
新しき年

くろあげはよく育てたる柚子の木の実り絞れ
ばぱつと明るし

大き夕日梢に残る柏葉をきらめかせつつしづ
かにゐたり

さまざまな記念日つくり福袋売り出せば人福に寄りゆく

福のなき世かなさまざまな福袋そのふくらみを指で押す人

築地市場諸国ばなしのざわめきにはじめて蛸
を食べしおどろき

築地市場に大きく笑ひ佇める碧眼の人の玉子
焼きの箱

築地市場駅つねなま臭しなまぐさきこの世元
気に生くる人群れ

*

白く涼しき歯科医の椅子に朝を座すしばし瞑
想の心のやうな

歯のよわきこと母ゆづり母若く死にたれば一《ひと》
生《よ》母の歯を泣く

歯を磨くあとどれだけを噛み砕く力残るや朝
の歯みがく

俊成の雪

死に近き俊成が食べんといひし雪しろがねの
椀《まり》にふはと盛られぬ

おもしろきものかなと賞《め》でて食《た》うべける俊成のつひの食《じき》なりし雪

ああ何か香りよき酒店の前にきて温かな友情あるごと思ふ

デジタルに刻める時を腕に巻き歩み出すなり
よきことありや

わが庭を通らねばゆけぬ野の闇に二、三の猫
の長き尾は消ゆ

わが庭を通りて深い闇にゆく猫の道あり昼はなき道

夜陰しづかにわが庭通りゆく猫の幾重のやみを知らずくらせり

雛のころ

一対の雛は照りつつ静かなる夜となりてわれ
の酔ふを見たまふ

雛は母似こそなつかしき春ごとにわれは老い
若き母はほほゑむ

雛の日のグラスに注ぐ白き酒われにて絶えむ
雛のあはれも

八十歳すぎて雛出す三月は母の遠忌のごとく
さびしも

眼を洗ふこののちくるもの怖けれどわれに残
されし時間なほ見ん

ありふれたことと思へずちちははのはるかに
なきを思ふ雪の日

大雪のなげききききつつ雪を待つ心きざせり母
死にし雪

もういいといふことはなし年経ついよよも
ういいといふことのなき

おそろしと思はば思へ橋姫の面《おもて》をかけしわれ
は鬼なり

橋姫の朱をさすまなこ見てあれば熾なすわれの心燃えそむ

みどり色の吊鐘心に吊つてゐる女しづかに近づいてくる

道成寺の石段はげしく音もなく白い足袋上る
誰も止めえず

ショコラ

老友よりショコラ届けば不気味なり頭脳しぼれどお返しもショコラ

簡潔に保つをんなの友情のあかしのショコラ
行つたり来たり

山かくす春のかすみの恨めしとバレンタイン
のチョコにかきそふ

友情を互《かたみ》に恃めど果さざりき生きたれば思ふ
過ぎにし方を

老友はデイケアにゆき長閑なり庭にかなへび
はみみずを嚙めり

捨てなづな花咲き春のぐだぐだの心はもとな
草餅を食ふ

川崎の北部たちまち道細くなりて防人のふる
さととなる

慰霊碑は地区ごとにありて忘れずよ全うせざりし人生あまた

犬ふぐり天人唐草ふたつの名もちて静かな雨に濡れをり

春ながら「塵の浮き世の芥川」いつだつて庶民はさう思つてる

若沖はああ天人の碧き眼を鳳《おほとり》に与へこの世蔑《なみ》せり

間に合はず間に合はずとは欲ふかき晚年の春
の心ならんか

忘れ雪美しき言葉ほろぼして温暖化すすむ春
の眼痛し

狂言師「花に目がある」と叫びたり空爆下の
生者負傷者死者の瞠《ひら》く眼

行動力もたざるわれをあざ笑ひ轟音空爆のごとし厚木より

春逝く

今日なさず明日なさずされどひと生《よ》にはなさんと思ひゐることのある

桃の木に画眉鳥はきて珍しき眉をみせたり鳴かず鋭し

うぐひすの今年ほろびし谷窪に乳を欲る小猫捨てられてゐる

いつしかに横着にして怠惰なる楽しさを身に
つけはじめたり

ひばりの子犬より保護し拾ひ来し少年が叱ら
れてゐる庭のかなしも

くらしのなかに知らぬことばは増えてゆき古き知のごとみつまたは咲く

勝負服着るわかものに桜咲きわれに残れる勝負なくなる

ただ眠い春です油断するうちに猫にも虫にも
なれさうな午後

しうせん二つ漕がず語らふ中学生髪つやつや
と闌けてゆく午後

散りつもる桜素足に踏みゆけば若きあやまち
のありしおもひす

何事もなかりし歳月それぞれの思ひにありて
桜みてゐる

何が終り何がはじまるさりながらぼうたんの
紅《こう》ややにふくらむ

一夜の雨に杏が咲いて今日はもう何もしない
でいい日と決める

花柚子の実りを今日も地に落とす鵯に情念の
ごときあらずや

ゆきゆきてなほ昏れ遠し道に立つ白木蓮の天
はうつくし

空襲と牡丹

目覚めより牡丹咲く日の頭痛ありすべて未済
のままに逝く季《とき》

生きるとはつねに未済の岸ならんいいではないか　でも花は咲く

記憶の底に兵士の足の揃ふ音「出発進行」と叫ぶ車掌さん

出発進行！ああしゃしゃうさん号令ではなく
て安心の朝をげんきに

激しき余震止まぬ泥土に伸び立ちてあやめ咲
くとぞ肥後のあやめは

七十二年前の夏なり学徒われ歩調取り中島飛
行機に動員されぬ

学ぶこと許さぬ学徒動員にはじめてなつぱふ
くといふもの着たり

ジュラルミンの熱き切子《きりこ》を返り血のやうに浴
びて造りき特攻機エンジン台座

八時間旋盤まはしし女学生の足はほてりて象
の足なり

鯨肉とかぼちやとはるさめのごつた煮で深夜
八時間の労働ありき

労働のもとなる臭き鯨肉に吐き眩みたる非国
民われ

空襲警報たちまち空爆となることあり地下道までの風の階段

行動の早きもののみが生き残るこれが戦争と知りて走りき

機銃掃射に膝を打たれし友あれどききつつ誰もそののち知らず

爆風で飛ばされし友は精神を病みて疎開し忘れられたり

空爆のはじまれば耳目ふさぎたり眼球飛び出さぬため鼓膜破れぬため

空爆下逃ぐる瞬発力やしなひて生きたりその頃の友を記憶せず

敵機襲来の声あり暗き寺内より見れば婉然と
牡丹立ちゐつ

敵機すでに真昼間さへも低く飛び操縦士の顔
見ゆることあり

大火のごとき緋を傲然と掲げゐし牡丹妖しも
空爆の庭

曇りときどき晴れ

緊迫感どこにも見えぬ食卓にのつそりと上つ
てきたるかまきり

涼しい風に寝ころべば木々さやぎつつ未知の
力はまだあるといふ

角を曲がりわが家にまつすぐに来る人あり誰
ならん石榴の木の間より見る

萩咲いて黄蝶生れて桃葡萄うまし選挙に負くる誰々

勝算がありてするもの敗るるを知りてするもの　炎天叫ぶ

くるといふものはそこまで来てゐるか朝顔は
ただほのぼのと咲く

三分の二大勝の秋はどんな秋写楽の「江戸兵
衛」あつと手ひらく

ちよろづの血脈青く浮き沈むわが手に切れば
ゆらぐ白百合

ざざざつと傘と雨靴乗り来しがたちまち濡れ
手にスマホをいぢる

低き会話の声に人生こもりゐしころの電車は
ふくらみゐたり

青春はにがくたのしくちりぢりになりゆく前
ぞ乾杯をせん

安酒に酔ひて嫌ひなひとの歌つひにけなせり
ここより地獄

若くまづしく直き愛もつ歌なればこのままで
よし誰か気づけよ

通じない会話はせぬが得策と若きは焼酎にレモンを呉れぬ

割り勘で千五百円あつめてるそのわりにでかいことしやべつてゐたな

まはふにかかつたやうにいつしか年取りぬこれから一つづつかへしてゆかう

猫のひたひほどなる庭に猫がきて雀の飯を舐めてゐるなり

垣占めてひとり勝ちなる木香薔薇やがてのそりと出づる虎猫

新宿で切符を買つて飛び乗つたロマンスカーの蛇腹を歩く

多摩川の鉄橋をゆくロマンスカー夕焼けに溺
れただ帰るだけ

化粧なき老女は化粧せしわれをしばし眺めて
やをら眠れり

衰へし歯をいたはりて磨く窓いやといふほど
凌霄花咲く

救急車二度来てそれぞれ老人をつれ去りぬ夏
の深さは無限

八十八とは茶摘みどきなり人間の生きた歳月
の体は痛い

きみといふ人称少し似合はなくシャツうしろ
まへに着るうちのひと

お手玉に参加されましたとかかれあり夫のデ
イケアノート開けば

突《とっ》兀《こつ》として暮れなづむ山の貌寂しなまよみの
甲斐とはここか

塩尻の歌を見んとて幾とせか吾を乗せ走れり
スーパーあずさ

川中島にほととぎす鳴くといふ歌の素朴なれ
ども聞きて忘れず

どくだみ

きづな切るやうな新しすぎる香をどくだみは
放ち夏を告げたり

てんたう虫飛ぶときキラと光りたりよもぎ犬《いぬ》
稗《びえ》土に太りて

種ふくむ土はわづかな水を得てざわざわと生
むあさがほの族

どくだみを刈りたるからだ毒の香を吸ひ込みて夏の王者のごとし

どくだみの香とたたかへば何がなし頑張つて生きてゐる顔となる

梔子が咲いてその花植ゑた日の忘れたかつた
ことも忘れぬ

濃い霧をつらぬきてゆけばあかときの希望の
やうな遊歩道みゆ

氷のミストしぶかせながら生れ来し翼ある馬
はいかになりし

氷切る音さいさいと聞こゆるはむかしなるか
なよしずへだてて

炎天に虹たつ霧をしぶかせて氷切りたる老爺
はいづこ

霧のにほひ樵の梢のさるをがせ新しき現実の
ごとあらはるる

真紅《まっか》なるたすき大房に結び垂れ鬼剣舞すること切なし

和賀村の鬼剣舞を遠くみて羚羊は山に帰りゆきたり

出穂《でほ》の香のみなぎる夜道しんしんと鬼ら歩めり剣舞のため

あしたより碧天ぬける暑気炎えて鬼の装束出《いだ》し干されぬ

剣舞の鬼の大口うしろ腰けんらんと牡丹燃えて夏逝く

仕事終へてせいせいと夜更けの水を飲むおや黄金虫が眠つてゐる

枕辺に常備するもの安眠のためのリーゼは罠
の餌のやう

大きい仕事二つ減らして遠白き秋なり兎を飼
はんと思ふ

馬刺とか馬肉ステーキ塩尻に来れば食べてる
われにおどろく

生肉は胃に入りていかに溶けゆくやからだし
だいに重たくなれり

大きなる昔の月に照り出でし影踏むあそび思ふことあり

旅をせず久しく映画見にゆかず秋しんかんと柏の葉落つ

たそがれが来てをり庭にも畳にも　ああ都井
岬馬は眠るか

河原雀と屋根雀

身を包む古きファッションは暖かし風の河原
に人を見にゆく

くにやくにやと骨外すやうに手をゆらし体操をするあり吾れもしてみる

河原には誰がゐようと可笑しくなし年寄がいつまで坐つてゐても

捨てられたやうに脱走したやうに河原の土堤
に坐るたのしく

河原には雀がをりて草の実をせはしく啄む風
の音する

石の上に寒くふくらむ雀ゐて風にひかれりひもじきならん

ロンドンの雀は馴れて可愛ゆしと聞けりわが雀ひとに馴染まず

稔り田を鳴子に追はれつづけたる雀の記憶し
るすべもなし

体重は二〇グラムで生きてゐる雀ねむの枝《え》に
ゐて揺れやまず

人怖づる記憶雀にあるならん空気銃少年たりし岩田さん

屋根廂に待てばこの家の老いびとがやがて米など撒くと知る雀

うちのひとの雀施行《せぎやう》は一摑み土俵に大関塩を
撒くごと

小さい小さいあの雀こそ親なれば太る小雀に
口移しする

雉鳩の一羽は餌場に許されて大人《たいじん》のごと雀にまじる

餌を持つて出れば雀はばつと散り椿の蔭にゐてぐづり鳴く

愛すれど好まれぬこと朝餌撒く雀と吾れにありてをかしも

眼鏡と夢

目ざむれば眼鏡かけゐし眠りなり『聊《れう》斎《さい》志《し》異《い》』の牡丹消えたり

『聊斎志異』の牡丹よ美女となるまではつづかぬ夢のさめてをかしき

眼鏡までかけてみた夢の入口に立ちゐしは聊斎先生ならぬわが祖父

安定剤飲んでも眠れぬあかつきは犯さぬ前科あるごとさびし

現実にゆめが入りくるけはひする時ありてふとドア静かなり

夢の通ひ路まだあるやうにほのぼのとまなうらにゐて歩む言の葉

目先のことに飛びつきやすく忘れやすく稀れに冴えてるひと日仕事す

記憶力詮索力みな衰へて空想のなかくらげ飼ふわれ

くらげのやうに流れゆく夢のうつつでは海なのにリュック背負つてをりぬ

沢山の部屋に迷つて沢山の画を見てゐたり苦しき夢に

必ず群衆に紛れて道を見失ふ暗い祭りのゆめにゐるわれ

現実さへ夢と思はるるゆめの世に海底にゐる
空母そのほか

白い鸚鵡は絵の中か檻の中なるか哀れむ貌に
吾れをみつむる

われに残る存在力とは何だらう酸漿の蚊帳み
な裂きてみる

朽ちてゆくかたちはみえて朽ちゆかぬ思ひあ
ることなまぐさきなり

晴れた空いきなり撃つてくる敵はないから危
機は遠いといふか

けふもまたニュースは殺人にはじまつて木が
倒れ看板が落ち暴走す

こんなにも飢ゑてゐるのだといひたげに鵯が
喰ひちらす蜜やさざん花

ひよどりがうるさい朝だ東海に地震《なゐ》ありテレ
ビにつなみ寄せくる

石榴からベランダに渡り来し蜘蛛は太き糸一本風に靡かす

午後みれば大三角形は完成し蜘蛛は確信に満ちて働く

数本の支柱の間《あひ》を走りつつ蜘蛛の美しき罠は
生れぬ

石榴から渡り来し蜘蛛は八本の足もて夕日の
面《おもて》つつめり

昆虫にあらざる蜘蛛を何とよぶ古き魔界の糸のしづけさ

空晴れて美しき蜘蛛の巣あらはれて蜘蛛中央にゐて魁《くわい》となる

ああ蜘蛛は議事堂にさへ棲むといふなにかた
のしも怪しけれども

越冬するゴキブリ

テレビ台の裏にゴキブリは棲みをりて深夜わが前を静かに歩む

われの眼にとまりてふとも居《ゐ》竦《すく》みしゴキブリ
はやがて疾走したり

同居するゴキブリを叩きなどせねばまひるの
ろのろと死場所さがす

わが置きし毒餌をたべしゴキブリが日中《ひなか》出できて死んでみせたり

二匹ほどその姿知るゴキブリの一匹は死ねりのがれしは雌

山積みの本の隙間にて子を産まん雌ゴキブリ
のつややかな翅

致し方なし寒き日も温かき部屋に同居し冬越
すゴキブリ

本の山の本の糊なめ生きてゐるゴキブリなれ
ばさすがよたよた

古代からの同居ものなるゴキブリは源氏の恋
の糊も舐めけん

台所の残菜にゆかず部屋に棲むゴキブリを見る飼ひ主のごと

一匹くらゐはゆるしてやらんと思へどもゴキブリは一匹死ねどつぎつぎ

夕顔の家に同居するゴキブリもゐたはずかそ
けく母屋《もや》をわたりて

御器嚙《ごきかぶ》りといふ名もてのどかに宥しゐしいに
しへびとの朝餉《あさがれひ》ゆかし

大嘗会《だいじやうゑ》のおものの床《ゆか》を這ひてゐしゴキブリは
つねのこと誰もとがめず

清少納言の衣《きぬ》の下あゆむ蚤《のみ》はあれどゴキブリ
はかかれずいといと憎し

ゴキブリはかまどうま蟋蟀《しっしゅっ》のきりぎりす下衆《げす》
と火焼屋《ひたきや》にゐるものなりし

鉄《くろがね》の礫《つぶて》のごとし傲然たる気迫もてゴキブリ
は窓を入りくる

何ほどの事と思へど大きなる黒きゴキブリは
畳にゐたり

ゴキブリは乙女失神さするほどの力をもてり
平和めでたし

ゴキブリが愛しあふなど思はねど相つれて入る狭間《はざま》あるなり

塩尻の塩羊羹で濃きワイン飲むときゴキブリは毒舐めてゐる

寒気

わづかなる薄雲生《あ》れてしづかにも空を渡れり
風もなき空

いま空は藍らんらんと深ければ枯野広らに黄《わう》色《じき》ひらく

ひるでんしゃ座席に眠るをとめごのまつげの長しつくづくと見る

卵といふ大き看板見つつ過ぐ卵欲《は》しやしはすのこころ

凍《しば》れつつ帰ればば茶の花咲きゐたり冬の心のそばにゐる花

「百人一首」とることもなき新年の田作りで
飲む辛口の酒

塩引とよびし正月のからきもの絶えて白飯は
しづかにぬくし

鳩の声

マイナンバーまたマイナンバーマイナンバー
ああわづかなるお金のために

家建つと地に落とされし鳩の巣の彼方より静かなるその声きこゆ

山の裾伐られて深き竹林のあらはれぬまこと残酷な春

物思ふ心衰へゆくものを昼よりどつと梅の咲き出す

不眠症と思ひゐしわれが風邪ひきて二日三日眠りつづくるをかし

大寒雲しづかに寄せてくる昼の白梅にゐる鵯
のおごそか

春のうづき

愛こめて頸締めあひし若き日の桜の色のかへる三月

おもしろき世のことなほもあるごとくさくら
見にゆきふかく疲れぬ

楤の芽は道に売られてふつくらと太りてゐた
り春いたいたし

痛いところしだいに増えて生きてゐる生きる
とは痛いことであつたか

牡丹の蕾ふくらむと呼べどたちて見ず知るの
みにして少したのしむ

熊ん蜂採りて焼酎に浸しをる男ありその酒を
われは買ひたり

蜂の酒飲まねど瓶《びん》に沈みゐる蜂の貌みる時々
のある

松の花粉しろく流るるところより蝮注意の札は立ちたり

寒いのか寒くないのか布団より手を出してみる立春の朝

ぼんやりとしてゐるからだは気持よしたつぷりとした時間の海だ

もうわづかな思ひ出だけでいいのかも風に流れる梅の花びら

ゴム消しで消してしまへばなくなるか愚作駄
作も歌はいとしい

記憶といふものだんだん薄れゆくやうな豊か
さといふ日向あるなり

さくらからさくらに架かる朝の橋白描のごとし誰も渡らず

指をもて静かに話し笑ひ合ふ人を見てゐて乗り過ごしたり

九品寺の墓所に桜は散りしきて死はなつかし
きものになりゆく

鹿の湯

鹿の湯に入れば一キロ先の湯にカピバラも入りゐてともに眼つむる

しょつからい温泉にほふ温泉どつち好き温泉
も知らず死んだかあさん

新宿のスーパー温泉に老友は老いを磨きにゆ
く週一度

ランプの湯いくさ終りてはるばるとゆきたり
はじめのはじめのごとく

「伊勢」といふ遠世《とほよ》がたりの暗き恋山の湯に
ひと夜鳴く鳥のゐる

猿ヶ京に湯を浴みて聞く昔話《むがしこ》もはてて餡餅くばられにけり

夏茶碗

歌よみは歌を捨てれば知らぬ人おそろしけれど箴言ならん

杏の花散れどそれだけのことなのか山ぼふし
どつと咲き出したり

よはひとは祝はれにつつ死に到るものかな今
年の牡丹は三つ

立杭《たちくひ》の陶工が茶漬をたべてゐた夏茶碗見ゆ名
器ならずや

立杭の窯主は売る気なささうに二、三の茶碗
出して黙せり

ひねり出したやうな急須でかをりある茶をたつぷりと呉れし窯主

ああ夏の入口にゐる涼しい風なにをしようとままよと誘ふ

夏至の葱の香

四十年使ひなれたる塗椀に汁盛る朝の夏至の葱の香

「月よりほかに友もなし」とは恰好よき言葉かなワキ僧が今日は海辺で

仕事せず仕事をためて隣家《となりや》の亀を歩ます子等をみてゐる

秋風の桜田門外柳の木空蟬二つとめてそよげる

桜田門外に佇み見れば人語なき首都さうさうと車流るる

たつぷりの樹液に酔ひて眠る蟬しづかにしづかに蟷螂あゆむ

かまきりは蟬嚙み砕く音させて石榴木《ざくろ》にゐたりしんかんと昼

夜のシンクに長々とゐる大むかでほかなきか
無し叩くほかなし

そして誰もゐなくなつたと洒落ながらむかで
殺しし犯人はわれ

かまきりは嫌ひといふほどの魅力ありぎよろ
目すばやさずぶとさ無惨

食べる

鶺鴒はすずめの米をすこし食べあなやさびしく鳴いて去りゆく

梅雨明けはさうめんの季節うす切りの胡瓜と
トマト浮かせてをれば

さうめんはなだれのやうにすするものさびし
いかなやしんかんとして

大根をよく干して漬ける禅寺のたくあんは決
して黄いろくはない

たくあんは何の料理にでも付くが鰻にはかな
らず奈良漬がつく

らつきようは香の物にはあらねども天丼につ
いてくるときうれし

むかしむかし瑞泉寺で食べたたくあんこそ本
物ならんほそくしなびて

透きとほるほどの薄さで食べたしと夫のいふなる東京たくあん

紅生姜が乗ると大衆的となる散らし寿司また中華丼など

青萩の枝にまぎれて生きてをるナナフシの食むものを知らざり

しやにむに萩は茂るをそよろなる胸のあたりを今朝は縛れり

もうゐなくなりし小ゲラの縞の色や木を啄く
音追悼す夏よ

夏の事情

わがもてる言葉ことごとく死んでゐた秋の目
覚めの白い朝顔

やればできると思ひつつゐて何もせず朝顔の
蕾けさはなくなる

ことごとく花終へて今朝あさがほは細き蔓長
く長く伸ばせり

新百合ヶ丘のオーパの地下に針買ひにゆくとき小さく啼いてゐた蟬

何でもあり何でも安くあるところすべすべとした物の手ざはり

謝罪うくる立場見をりて微妙なり坐つたまま
か対《む》きて立つのか

杖つく人しゆくぜんとして歩みくるどこか歪
めど内面的なり

視野ひくく杖つきひとり歩むひとときのふはカフェですうどくしてゐた

わが身わするる忘却は詩なり老いたれば螢袋を手折りてゆけり

忘却は涼しき風穴おもひでの縁にもろこし食
みこぼしつつ

夏休みと決めて何にもしない日を四日つくつ
て何かしてゐた

かぶと虫つかみてあれば角《つの》立つるちからむり
つと吾をたぢろがす

晩年を生くるとは身を丁寧に消費すること
木槿うなづく

完璧な大きごみ籠の前にゐる大をそ鳥《どり》たりし
万葉のからす

食べものがない窮極をからす啼いてどどつと
落ちかかるやうに飛ぶなり

ビヤガーデンに入りて見渡せば昂然たる銀座
老人ゐて睥睨す

高麗《こま》の世紀の秋の星座を思ふとき北朝鮮のミ
サイルの空

マルコ・ポーロがみし高麗国のそののちのミサイルを射つ空をもつ国

あぢさゐの葉よりわが手に移しつつ歩めとこそはナナフシ歩め

素足さらすことなくなりてしづかなる寒さが
今朝は肘にきてゐる

小玉西瓜てまりのやうに並べられ欠けゆきし
ものかぞふるは誰れ

盆なすびむらさき太き胴となり煮ても焼いてもはらからはなし

青き香のつめたき胡瓜嚙むときぞわびしれしもののさやけさきたる

茄子胡瓜痛き棘もつ畑より上がれば元気生まれてゐたり

かまきりの摑み方知つてゐるなれど摑みたくなき虫ゆゑ摑まず

木造りの濡れ縁の裏で脱皮せし今の世の蟬の
賢さあはれ

わが足を上る蟻下る蟻ありてこの巨人いづ方
に運ばんとする

大食ひの鳩は庭にて落ち蟬を発見せりしばし
見をりて食はず

柿生坂にがてとなりぬ坂と膝とゆつくり対話
させつつくだる

四十年友たりしひと頭《づ》を病みてわが夏もやや
に暗みそめたり

子の振舞叱らざる親をみてゐしがふた駅ほど
で吾れは眠れり

辺見じゅんさん

もろともに歌誌の企てに入りしとき「鳥船」
を継ぎたしときみは言ひ出づ

眼をみつめ話す性《たち》なるきみと吾とともに疲れ
き歌誌おこさんと

語り部の情熱をもてきみ言ひし呪はれし絹の
道なる近代の闇

こひびとのごとくその父をかなしめり源義の
血のわれにうづくと

ニューブリテン島の螢の木のこと語るとき涙
ためゐしこと忘れえず

やはらかく小さき手なりき母のなき子なりし
ことを少し語りて

一の姫は情深ければ苦しめりおとうとといふ
発語やさしく

忘れずよ秋山実氏とたづさひて訪れましし初
夏の夕べを

椿山抄

二〇一七年秋九月十二日、椿山荘にて第四十二期囲碁名人戦七番勝負第二局を観戦する。名人高尾紳路に奪われた名人位を奪還するため井山裕太六冠挑戦す。

青楓しげれる庭は小雨して名人戦の部屋灯されぬ

名人戦観る人となり見る碁盤平明にして
三百六十一目

名人は白布もて盤を拭ひたり丁寧に静かなる
思ひみちくる

もみぢまだ早ければ滝の音きけり挑戦者入りくるまでの静寂

挑戦者六冠のひと若き身の気力明るくてふくらみてみゆ

藤沢秀行の門下なりにし名人は渋く底ある力もて坐す

魚躍る小滝の音か打ち交はす諧調ありて盤上は秋

丁寧に昨夜《きそ》抓まれけん指の爪みれば名人戦の
心かなしも

棋盤といふふしぎの宇宙みえくるを吾は好む
序盤五十手ほどを

黒き石に影のごとわれは添ひゐしを天下分け目のごとし　秋雷

星といふところに打てり秋寒き五丈原に孔明の星は落ちしを

黒き石ひしひしと陣をつくろふを見つつ宇宙を飛ぶ白き石

けんぼうじゆつすうといふにあらねど打つひまに呟くことば迷ひを誘ふ

盤上に難民の群あらはれて取捨せまるなり吾れは目瞑る

長考し長考し見ゆるものありや一石を投ずるといふことの大きさ

黒白の石せめぎあふ時のまを床《とこ》の白菊すこしひらけり

打ちかけの明るき放れわざならんそと置く石より昼餉となれり

昼餉どきの戯れうた

阿蘭陀も花に来て囲碁見しならんチェスにや
似ると呟きにけん

碁仇に負け碁して来し近松が外題としけん
「碁盤太平記」

赤穂義士腹切りし年も改まり本因坊召さるお
城碁の間に

喜多文子と雁金準一と碁を打ちてゐるなり古
き手箱の中に

再開の死闘

棋譜は濃くなりゆきてわれに見えわかず死屍累々と近未来あり

刺客として打ちたる石もいつしかに殺されてをり混戦のなか

一石に形勢変る覇者の時盤上の乱世ゆくへしられず

秋雨は音なく銀にかがやきて碁の沈思しばし詩のしじまなす

碁を打つは詩句を案ずる苦に似たり芭蕉も腸《はらわた》をしぼるといひき

じわじわと死ぬ大《たい》石《せき》をみつめつつ夕鴉ゆく声をききたり

夢の浮橋崩るるまでのひとときを支へゐしかの黒石も死ぬ

紫式部魂みゆるといひけらし棋神ＡＩは何といふらん

むかしありき碁の神秘政変を予知せしと今年
世上はいかに動くや

別れ

——平成二十九年十一月三日、岩田正急逝——

ふたりゐてその一人ふと死にたれば検死の現
場となるわが部屋は

けはひさへなかりしきみの心不全あらはれて
ふいにきみを倒せり

一瞬にひとは死ぬもの浴室に倒れゐし裸形思
へば泣かゆ

腰ぬけるほどに重たき死を抱へ引きずりしこのわが手うたがふ

きみ死にて検死を受くる夜半の部屋日常を暴くごとく撮《うつ》さる

大下一真に葬りの導師頼みたるのち安らぎて
眠りに入りぬ

お逮夜の家に一燈ともすのみ心不全の死者たる岩田正よ

月桃餅すこし残るをあたためて分かち食うべぬ最後の昼餉

夫《つま》のきみ死にてゐし風呂に今宵入る六十年を越えて夫婦たりにし

深き皺ひとつ増えたり夫の死後三日の朝の鏡
に見たり

夫のなき女の貌になりゆくかさびれゆく顔を
朝々に見る

きみの死のみづみづとわれの手に甦るまだ温かき胸や肩や手

母が縫ひてわれが贈りし大島紬着ましてきみは棺に寝ます

篝火草あるじなき部屋に燃え咲きて遺影の声の時にきこゆる

通夜の席を棺に近く座しくれし幸綱さんありがたう遺影ほほゑむ

瑞泉寺の白玉椿ふふめるを棺にいれよと賜ふ
和上は

葬りはててみれば落葉の積もる庭燦々と照る
陽みつつわが坐す

三七日のひとりの夜を訪れて経読みましき福島泰樹

きみなくて視力胆力おとろふる未亡人われ黒き眼鏡す

亡き人はまこと無きなり新しき年は来るとも
まこと亡きなり

残され椅子

アマリリス咲きて針魚《さより》の旬となる逝きて人なき椅子は残りて

桃、杏咲き散り春は真つ盛りきみの骨ここに
わが焉るまで

墓などに入れなくてよいといふであらう本質
はさびしがりやだつたあなた

相手なければワイン飲むこと忘れたり亡き人
好みし「鬼平」をみる

亡きひとよしんしんとろりゆつくりと眠つて
くださいい雪の夜です

「キージェ中尉」の架空なる生の鈴の音を雪にききしも杳きゆめなり

「キージェ中尉」いづこにゆきし結納もすみし夜新宿に購ひしレコード

このごろは右眼つぶりてゐること多しつぼみ
のやうに重たい右眼

馬酔木の花しろき花房垂るるところかすかに
過ぎて四十雀鳴く

父亡きのち梅咲かざりき夫なき庭春の落葉の
惨たる椿

柳の枝すこしふくらむを見てあればわが身も
すこしふくらむやうな

何待つとなけれ待つとは思ひなれ待ちえてけ
さはまひまひに会ふ

待つことは時間を先に抱くことゆたけし来な
いものを待つとも

待つことは未来あること今朝はみる赤く小さく生れたる蟻

蟻の道たどりて石榴の洞に入れば蟻は働く地下都市のゆめ

地下都市のありといふ砂漠しづかなる人のゆめありて戦争はなし

三月のカラシナ畑花咲きて歩み出さずにゐたわれを駆る

男には老年といふ森厳な人生の奥ありてよかりき

晩年といふあこがれあれどわれはなほ柿生坂上の独居老人

夏《なつ》蒐《かり》山《ざん》の夕べの鐘が鳴り出して葱畑いつぱい
春の夕やけ

ひとり正月

冠《かんむり》にクモマやタカネを持つ蝶ら寒ながら明
るき空を思ふも

大ぶりの椀にたつぷり雑煮して謹賀新年ひとり正月

ひとり正月たのしめといふ亡きひとの声をききつつ駅伝みてゐる

歌ことばない日出ない日あふれる日寒雀らは
迷はずに来る

この家にあるもの一切われの過去すてれば新
しい時間は来るか

ゆめながらわが帰るべき駅の名のなき系統図
みつめ苦しむ

ゆめと知れど行く先もなく帰路もなき宇宙駅
ありわれが佇む

冬牡丹咲く部屋ひろくひとり居てちひさき餅《もちひ》
ひとつ食うべぬ

ひとりの夜孜々と励んでゐるかとも思はれて
われが見てゐるお笑ひ

かげろふ

雪晴れの空と大地を見わたせば夫なく父母なく過去とはけむり

われといふ一身に蓄へゐしものはけむりのや
うなものであつたか

門《かど》の梅父の手植の門の梅ひとりになつたわが
ために咲く

門の梅一木《ひとき》ははやく咲きて散る一木はおくれ
丁寧に咲く

梅咲けば亡き人縁に立つやうなひととき昏み
雪になるらし

生きてゐることも忘るるかげろふの庭にせきれい来て水を呑む

ねずみ

桜前線に追はるるやうに脱藩のねずみら走り
わが家にひそむ

近隣のひとつ更地《さらち》になるといへば忍びのごと
も入りくるねずみ

ある夜トイレに起きて廊下に出会ひたるねず
みと吾れと狼狽したり

子ねずみはあやまちて居間に走り入りかなし
もよ銀鼠《ぎんねず》の身をかがやかす

仏壇のりんごを夜々に囓りしがつひに雛菓子
に歯形残せり

タンザニアの鼠は地雷を知るといふ家ねずみ
わが襖嚙み貫《ぬ》く

ねずみ駆除の専門家あり空晴れて二人眼光鋭
くて来る

ねずみ駆除の臭ひ激しく浸《ひた》し来てわれも苦し
むわれはねずみか

ねずみの歯伸びるものなり齧らねば死ぬとい
ひつつ防除ほどこす

からくにより渡来する仏書ねずみより守らん
と猫は飼はれたりしか

閉ぢこめしねずみは死にもの狂ひなり糞《ふん》まり
戸棚囓り大暴れせり

粘着板《トラップ》にもがくねずみを見し朝の後悔ふかき
終りなりける

衛星のごとく

梅咲けばツルゲーネフの『散文詩』きみの声
きくごとく取り出す

若き日のほのかに温《ぬく》き言葉もてツルゲーネフ
を愛しゐしきみ

衛星のごとく互《かたみ》にありたるをきみ流星となり
て飛びゆく

すぎゆきはふと立ち止まり思ふとき遠い梅の
香の中にあらはる

骨壺を鳴らしてすぎし朝地震《あさなゐ》のあとむらむら
と蜘蛛の子は生れ

春めいた青空の西明るきを時かけて薄れゆくまでを見つ

丘にのぼれば空に春ある色みえて水無瀬の院のほのかほほゑむ

薄やみに沈みゆく麓の家々のまだ灯の入らぬ
表情深し

帰り来し人ありて一つ灯のともる一つなるく
らしの色の親しさ

くらしとは灯の下にあり一灯の静かなる丘の
ゆふべ見てをり

沸く湯の音松風とよびし近世を思へばうら若
き詩のこころみゆ

ポットに沸く湯、薬罐に沸く湯おのおのに湯
の音ありてわが耳がきく

たぎる湯に青菜放てば青は濃し濃きものを食
む白歯いとしも

海を識《し》る海彦が釣針に執するは当然にしてさ
れど破滅す

「浦島」といふ狂言はかの箱を開けて若がへ
りたりあはれ可笑しく

夫なくてより大ぴらに老をうたふわれながら
ふしぎ椿咲きだす

カレンダーを捲ればば蝙蝠安がゐて吾庭に杏の
花が散ります

遺影ある窓の外にて何げなく馬酔木は咲きて
しづかな声す

われはいま暮れなばなげのよはひかな草上に
ゐて青蛙みてをり

雀の餌ひとたび奪ひしのちつよき椋鳥は目白も四十雀も追ふ

ハンカチの白きを洗へば思ひ出のやうに馬酔木の香は流れ出づ

骨洗ふ斎祀《いつき》沖縄に残れるを究極に知る骨とは
何ぞ

衰へし脳《なづき》を洗ふすべはなし散る花はただ白く
流れて

夏の歌を洗へば六月の陽は照りてわがみなもとの傷うかび出づ

『君たちはどう生きるか』を読みしころ日本は徐州を攻略したり

軍国の少女にあれば学校はうたはせき「元寇」や「橘中佐」のうた

運動会の名物出し物「白虎隊」全校男子はたと自決す

思ひ出せないその一節に苦しみて夜半起きて
「白虎隊」の歌詞をさがせり

孤独なる充足を秘めし顔うつされラージヒル
頂上にゐる若き人

地底まで落下するやうな助走距離息づまるその空無《くうむ》の時間

飛ぶ夢は落つるゆめなり若き日の夢は逃げつつ高所より飛びき

墜落のゆめの途中に俯瞰せし地底に小さくちちははゐて

大回転の頂にして失禁せし友の秘話わがごとくにかなし

降り出した彼岸の雪の濡らす地にそつと死に
ゐしてんたう虫は

につぽんのあしたの未知に雪が降るはなやか
にさびしい彼岸の雪だ

残り住むもののみが見る春の庭杏の花も散り
つくしたり

六十余年ともに生きたる春秋や言はで思へば
深き淵なり

深《ふか》淵《ふち》の水破《や》れ花の神といふ古き神名を古事記
残せり

杏の花目くらむほどに散りまがふ無惨に美《は》し
きこの国に住む

方途みえぬ国に方途もなく生きて身内に朽ち
てゆく骨痛し

生田川に入水せし乙女の古き跡訪ひしことあ
り　いま笛が鳴る

罪深き入水の恋ののち見んと能管《のうくわん》はヒシギの
音《ね》を放ちたり

幽界《かくりよ》を歩み出でこし若き女面《によめん》若菜つみつつわ
れに近づく

水の深芹《ふかぜり》かき分け摘めば生田川よみがへりくる死の前の恋

生田川はかたはらにありてなほ遠しその岸につひに立たざりしわれ

死なうと思つた恋もなけれど死んだふりの恋
さらになし凡《ぼん》なりしかな

いくたびかの恋も恋とは思はずにやりすごし
たるわが鈍感力

たぶんわが鈍感力は天性のものなりなぜとい
ふことなけれど

鉛筆を持ちたるままに眠りゐき覚めて明るき
春におどろく

郵便受けにいろいろの鳥は来て止まりおしる
しのやうに糞を残せり

あとがき

この歌集は二〇一五年（平成二十七年）十一月から、二〇一八年（平成三十年）五月までの作品を収めた二十七番目の歌集である。

二〇一七年はいろいろな仕事が混んでいてさすがに体力が追いつかず、前年末よりの風邪も充分になおらず、年初から二度もぶりかえしたりしている。そんなこともあってこの年で幾つかの仕事を退くことにした。

そんな折も折、安定していた岩田の体調に思わしくないところが出はじめ、両脚とも血管の閉塞が発見された。しかし長患いになっている糖尿病と年齢を考慮して、手術をせず観察するという診断が出されてしまう。つまりもう治療が出来ないということだ。これが岩田にとって精神的な大打撃であった。

岩田の晩年のことはその最終歌集『柿生坂』にもかいたが、今後かくこともないと思うので、少し加えておくと、その病歴はかなり多彩である。二十代の末に結核で休職となったのをはじめとして、前立腺肥大で開腹手術を受けたり、硬膜下血腫の手術、骨に達する足指の怪我の悪化で手術しギブス生活をしたり、糖尿による長患い等々である。

本人は若き日にスポーツマンであったことを日頃自慢しており、剣道、水泳、マラソン、卓球で鍛えた体は細身だが心臓の強さは格別自慢だったので、心臓が弱っていたとは周囲はもとより、本人も考えてはいなかったと思う。呼吸の苦しさを口にすることなどは一度もなかったのだ。ともかく、「かりん四十周年」の記念会に出席することを本人も第一の目標として養生していた。

ちょうどその時期に重なるこの歌集を編みながら、私がこの歌をかいていた時、岩田は階下のあの椅子に坐っていたのだなあ、と思うとまことにせつなく、ここ数年の夜々の感慨がまつわる。私にとっても岩田とともにあった日の最後の歌集になった。
この歌集は短歌研究社の國兼秀二社長にお引き受けいただき上梓の運びとなった。菊池洋美さんにはいつもながらの温かい御支援をいただいた。そしていつもすばらしい装丁で喜ばせてくださる倉本修さんにお願いできた。いずれも、いずれもありがとうございます。

馬場あき子

平成三十年九月十六日

初出一覧

あさげゆふげ	「短歌往来」二〇一五年十一月
山葵田	「短歌研究」二〇一六年一月
平和のやうな	「朝日新聞」二〇一六年元旦、ほか
福袋	「かりん」二〇一六年一〜四月
俊成の雪	「短歌研究」二〇一六年三月
雛のころ	「かりん」二〇一六年一、三月
ショコラ	「うた新聞」二〇一六年四月
春逝く	「かりん」二〇一六年五〜七月
空襲と牡丹	「歌壇」二〇一六年八月
曇りときどき晴れ	「短歌」二〇一六年九月
どくだみ	「かりん」二〇一六年八〜十二月
河原雀と屋根雀	「歌壇」二〇一七年一月
眼鏡と夢	「短歌研究」二〇一七年一月
越冬するゴキブリ	「短歌往来」二〇一七年一月
寒気	「現代短歌新聞」二〇一七年一月、ほか

鳩の声	「短歌研究」二〇一七年三月
春のうづき	「かりん」二〇一七年四～六月
鹿の湯	「現代短歌」二〇一七年七月
夏茶碗	「かりん」二〇一七年七～八月
夏至の葱の香	「かりん」二〇一七年九～十月
食べる	「現代短歌新聞」二〇一七年八月
夏の事情	「短歌」二〇一七年十一月
辺見じゅんさん	「弦」二〇一七年四十一号
椿山抄	「短歌研究」二〇一八年一月
別れ	「短歌」二〇一八年二月
残され椅子	「歌壇」二〇一八年五月
ひとり正月	「短歌研究」二〇一八年三月、「かりん」二〇一八年一～三月
かげろふ	「かりん」二〇一八年四月
ねずみ	「かりん」二〇一八年五月
衛星のごとく	「短歌」二〇一八年五月

検印省略

かりん叢書第三三七篇

平成三十年十一月三日　印刷発行

歌集　あさげゆふげ

定価　本体三〇〇〇円（税別）

著　者　馬《ば》場《ば》あき子《こ》

発行者　國兼秀二

発行所　短歌研究社

郵便番号一一二―〇〇一三
東京都文京区音羽一―一七―一四　音羽YKビル
電　話　〇三（三九四四）四八二二・四八三三番
振　替　〇〇一九〇―九―二四三七五番

印刷者　研文社
製本者　牧製本

ISBN 978-4-86272-596-7　C0092　¥3000E